KB243773

FRANK MILLER'S SIN CITY

내 맘에
드는 상대만.

씬시티6

알코올, 여자, 그리고 총탄

세미콜론

original creative team

publisher
MIKE RICHARDSON

editor
DIANA SCHUTZ

sin city classic logo design
STEVE MILLER

cover design
CHIP KIDD

book design
MARK COX
CHIP KIDD
LIA RIBACCHI

SIN CITY: Booze, Broads, & Bullets
by Frank Miller

Korean Translation Copyright © 2006 by ScienceBooks Co., Ltd.
Korean translation edition is published by arrangement with Frank Miller, Inc.

이 책의 한국어 판 저작권은 Frank Miller, Inc,와 독점 계약한 (주)사이언스북스에 있습니다.
저작권법에 의해 한국 내에서 보호를 받는 저작물이므로 무단 전재와 무단 복제를 금합니다.

CONTENTS

All stories written and illstrated by
FRANK MILLER

.... 6

.... 25

그저 평범한 토요일 밤 29

뚱땡이와 땅꼬마 33

고객은 언제나 옳다 61

고요한 밤 66

한편 3호실에서는… 81

푸른 눈동자 89

쥐새끼들 98

아빠의 귀염둥이 123

잘못 들어선 길 128

잘못 잡아탄 기차 153

빨간 옷의 여자 ....

Cover Gallery.........

The Babe Wore Red and Other Stories
Silent Night
A Decade of Dark Horse
Lost, Lonely, & Lethal
Sex & Violence
Just Another Saturday Night

Cover Color for Sin City : Silent Night and A Decade of Dark Horse by Lynn Varley

Original stories edited by Bob Schreck, Randy Stradley, Peet Janes, Kris Young, Barbara Kesel, and Diana Schutz

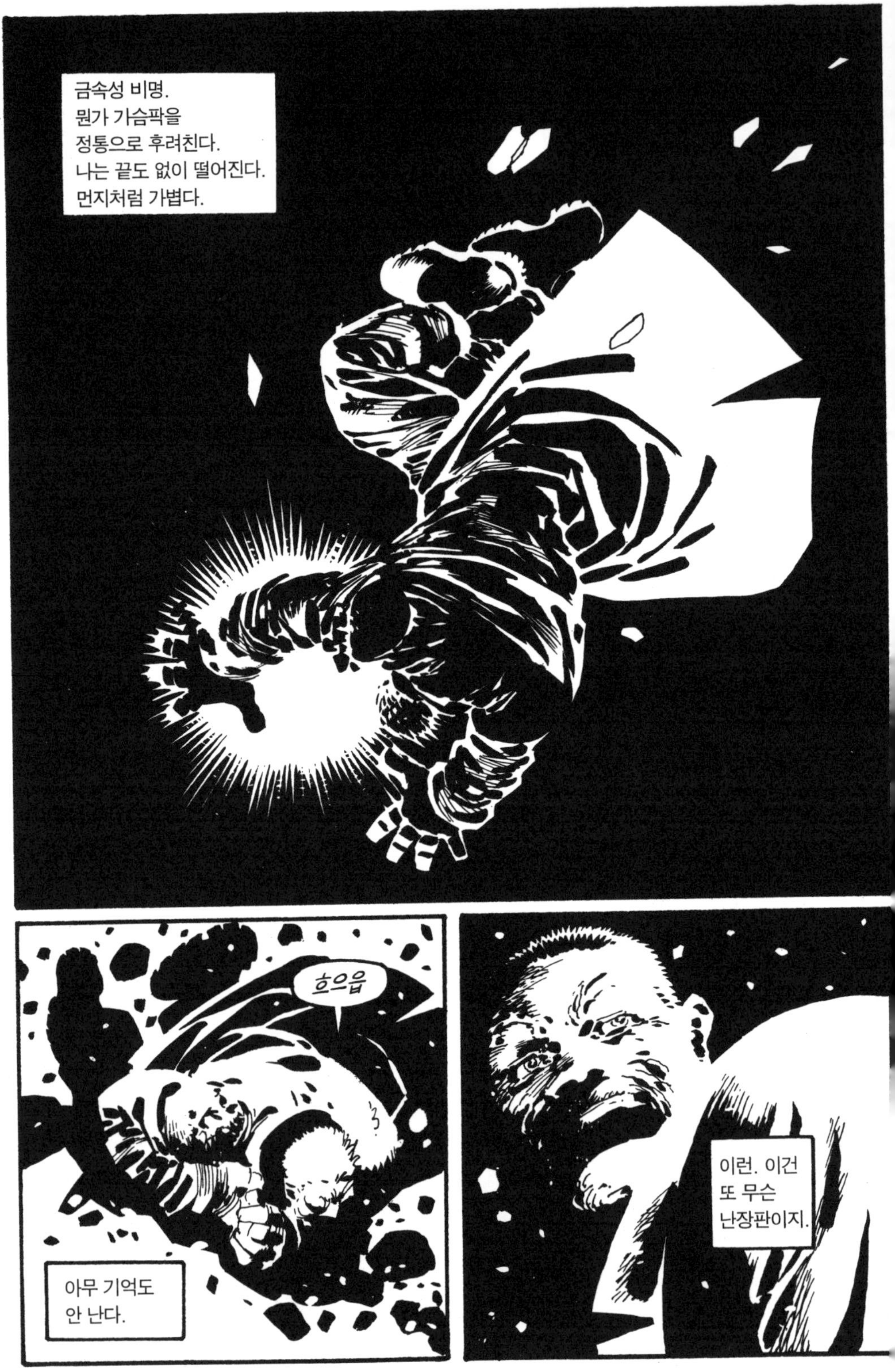

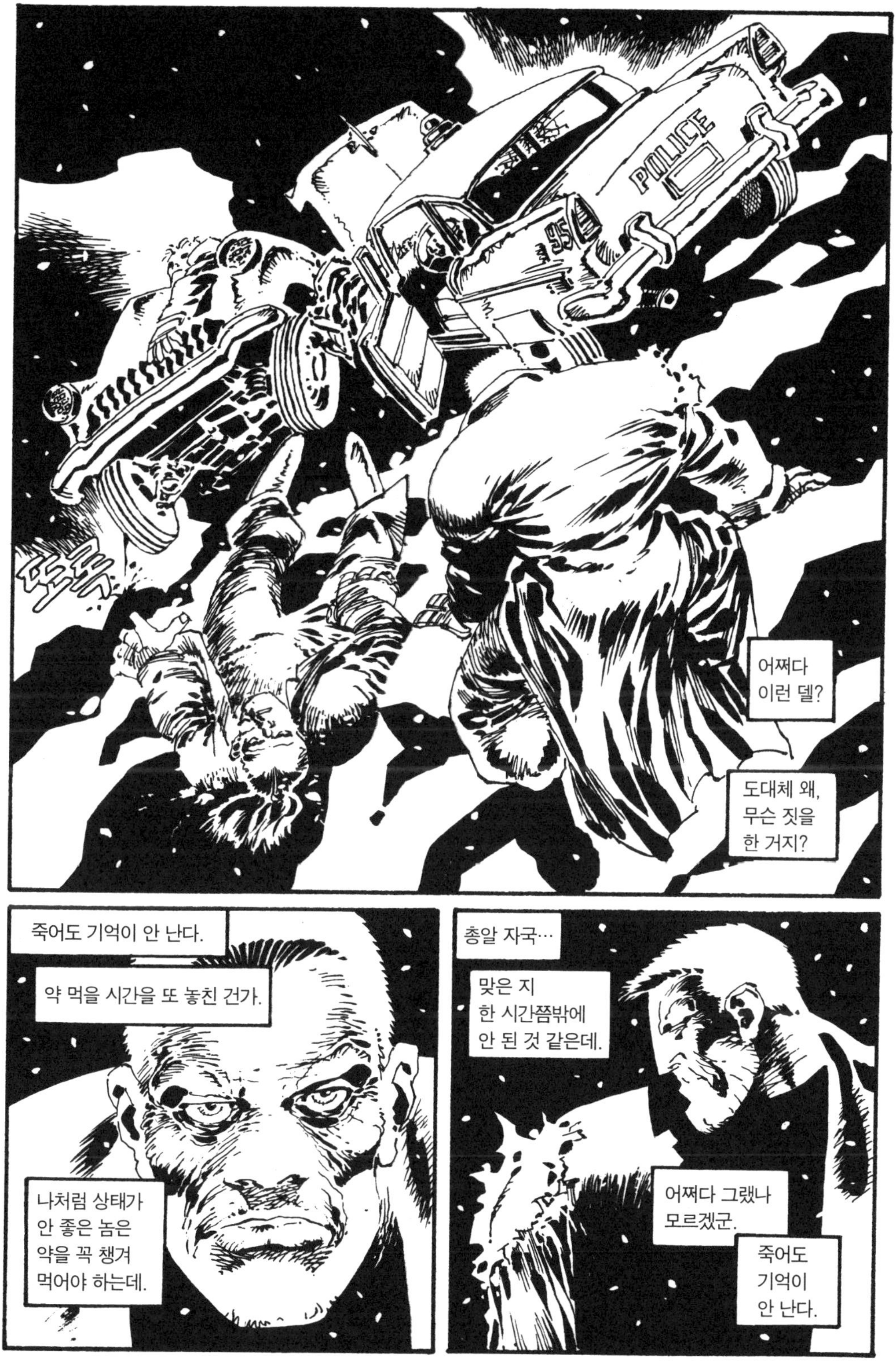

찰칵!

공사장. 늘 그렇듯 너저분하다. 도대체 여긴 왜?

죽어도 기억이 안 난다.

심호흡을 하자. 천천히 내쉬고, 긴장 풀고, 생각해보자. 하나씩 조각을 맞춰보자. 루실의 애인이 가르쳐준 대로.

뚜 룩 뚜 룩 뚜 룩

긴장 풀고. 생각해보자.

토요일 밤이니 난 케이디에
갔을 거다. 낸시를 보러.

그래. 토요일이면 늘,
나 같은 떨거지 인생들이
낸시를 보러 모인다.
침 흘리며 술잔을 핥는다.

그게 평범한
토요일 밤.

이야, 낸시는
정말 끝내줘…

한창 공연 중이었는데
낸시가 갑자기
얼어붙더니 무대에서
곧장 뛰어내려
웬 노인네랑 나가버렸다.

이런 염병할
일이 있나.

왠지 바람 빠진
풍선 같은 기분이다.
바텐더 조시가
내가 측은했던지
술 한 병을 슬쩍 건넸다.
공짜로.

그걸 바닥까지
핥은 다음
뭘 할까
궁리하는데
끔찍한 냄새가
났다.

머리칼 타는,

아아아아
아
아

고기 타는
냄새.

놔줘!

개자식들.
이거 놔!

가난한
늙은 술꾼이
가엾지도 않나.

빌어먹을
애새끼들.

버릇없는
부잣집
망나니들.

놔..
어억!

퍼어억

딸칵!

챙그랑

13

술병이나 계속 핥아,
베르니 놈.

크아아

퍼억

내가 왜 '베르니'냐…?
어깨를 할퀴는 총알에
주저앉고 말았다.
망나니들은 운을
더 시험하지 않고 튀었다.

놈들은 누가 뭐래도 악당이다.

악당 몇 놈 죽이는 건
죄가 아니지.

젠장. 이건 의무다.
시민의 의무.

쿨럭

맙소사...

괴로워...

뚜둑!

놈들이
줄행랑쳤다.

선량한 시민의
의무를 다하자.

14

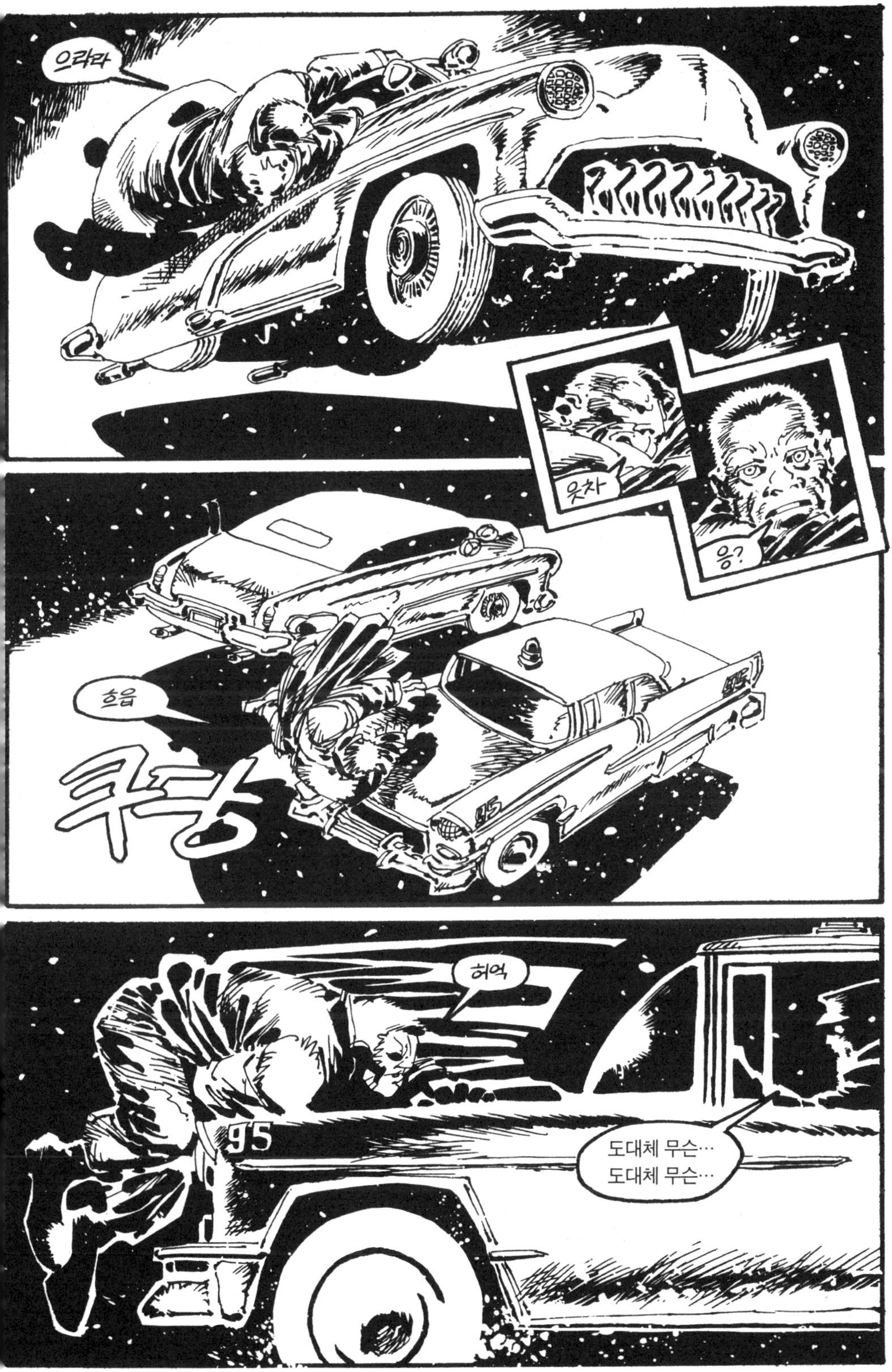

그때 생각이 났다.

놈들이 세이크리드 오크스의 잘난 대학교로 튀면 다신 못 잡을 테지.

그래서 놈들을 하키 퍽처럼 튕겨줬다.

쿠쿵

사방을 차단했다.

놈들은 꽁지가 빠져라 튈 수밖에 없다.

공사장으로.

쿠당탕탕탕

남은 둘 중 하나는 날 '베르니' 라고 부르며 총을 쏜 망할 놈이다.

그냥 등을 돌려 떠나도 되겠지. 옛 이웃들의 손에 맡겨두고.

하지만…

걔들만 재미 보란 법 있어?

또로록

콰앙

하하하하하하

흐읍

진정하자.
아직 흥분은 일러.

공사장.

난 여기서
태어났다.

엄마 눈만
멀지 않았어도
난 평생
여기 살았을 테지.

허억
허억

쌍...,
왔다.

옛 동네.

옛 이웃들.

그들이 숨어서
보내는 경고다.

응?

뭐야.

이젠 날
알아보겠지.

뭐지?

그들에게 할 일을
알려준다.

무슨.

으악

툭캉
투캉
투캉 투캉

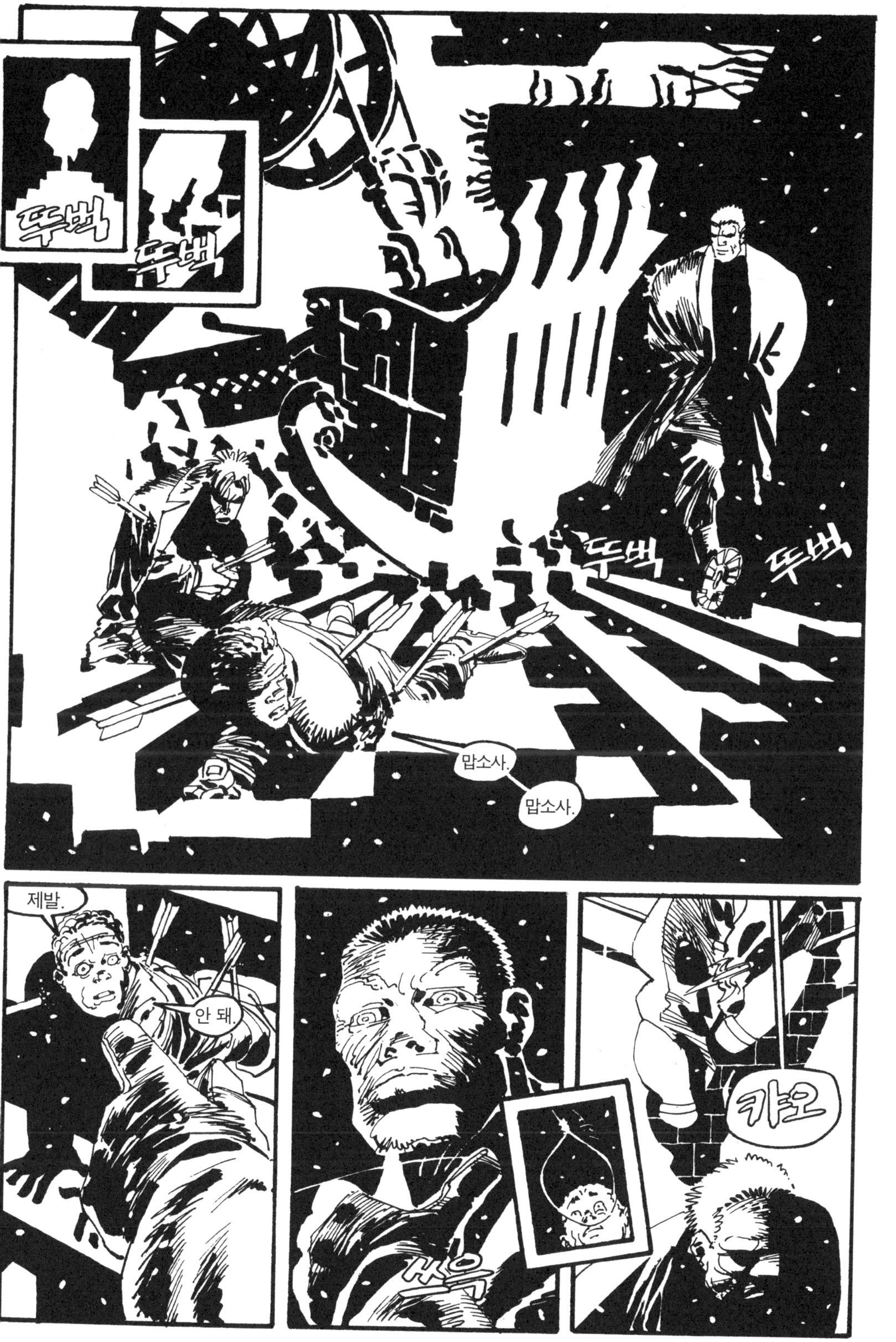

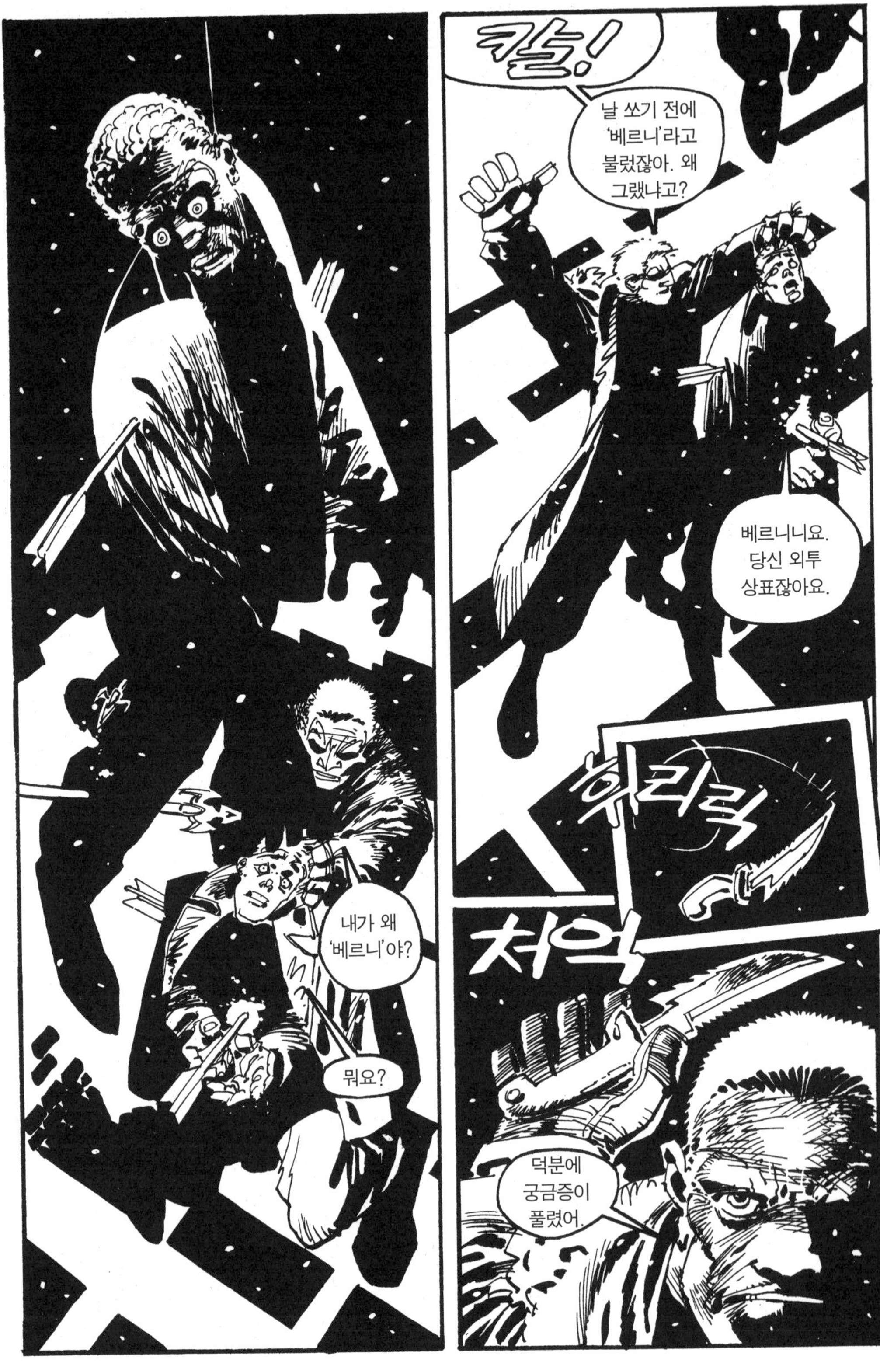

22

스으윽

베르니니라.
멋진 외투긴 해.
어떤 놈인지
돈깨나 줬을 테지.

한데
어떤 놈이?

그러고 보니

…이 장갑은
또 어디서?

죽어도
기억이 안 난다.

끝

우리 과제의 경계는 구체적으로 묘사되어 있소, 미스터 슐러브. 수하물을 저 아래 내려다보이는 수원에 투하해야 하오.

예의 경계의 어떠한 윤색도 권장되지 않음 또한 명확히 밝혀져 있소.

본인은 그대가 작금 호소하는 편협한 경계의 해석에 승부할 수 없소.

더글러스 클럼프, 버트 슐러브. 삼류 청부업자로 보통 이렇게 불린다.

"뚱땡이와 땅꼬마"

응당 그러한 바이나 모든 존경심을 가지고 미스터 슐러브, 본인은 그저 신 한 컬레는 이미 불쾌해 하는 고용주 측에 악의를 발생시킬 위험에 비하면 별 가치 없음을 가정하오.

그 섬세하게 수공된 부츠의 가치는 200달러에 조금도 못 미침이 없을 것이오…. 또 그 치수는 우연찮게도 본인의 형편없이 장비된 발의 정확한 측정치라오, 미스터 클럼프.

25

어떤 살인의 목격자에게 영구적인 방식으로 침묵을 초래함에 있어 만족에 미치지 못한 우리의 업무 수행에 준해 경고를 받고 있음을 기억 못 하오?

덧붙이는 바 본인은 이 단순한 획득 행위에 대한 그대의 평가에 극렬하게 도전함을 자제 못하는 바요, 미스터 클럼프. 물론 이 훌륭한 신발의 소유자가 우리의 사소한 위반에 대해 고할 수는 없는 듯 싶으이다.

그로 인하여 지금처럼 평범하고 잡역스러운 업무에 배당되었음을 말이오, 미스터 슐러브.

예의 소유자는, 사후강직 상태요.

불법 공동체에서 우리의 지위로 말하자면, 극히 미미한 위반조차 가장 심각한 징계의 근거가 될 수 있소, 미스터 슐러브.

그럼에도 본인은 고집하오, 미스터 클럼프. 내겐, 제한된 수입의 기간 연장으로 수치스럽고 물집을 초래하는 발판 덮개밖에는 없다오.

저항을 고수하오, 미스터 슐러브!

저항은 인지했소, 미스터 클럼프. 본인은 여기서 엄청난 놀람을 고백해야겠소! 저 부츠 안에 발이 존재하지 않소!

그 안에 시체가 없다 함은 우리가 운반한 카펫의 그러한 무게에 대한 질문을 불러일킬 수 있소. 그리고 시계의 똑딱임과 다르지 않은 이 소리는 어인 일인가?

26

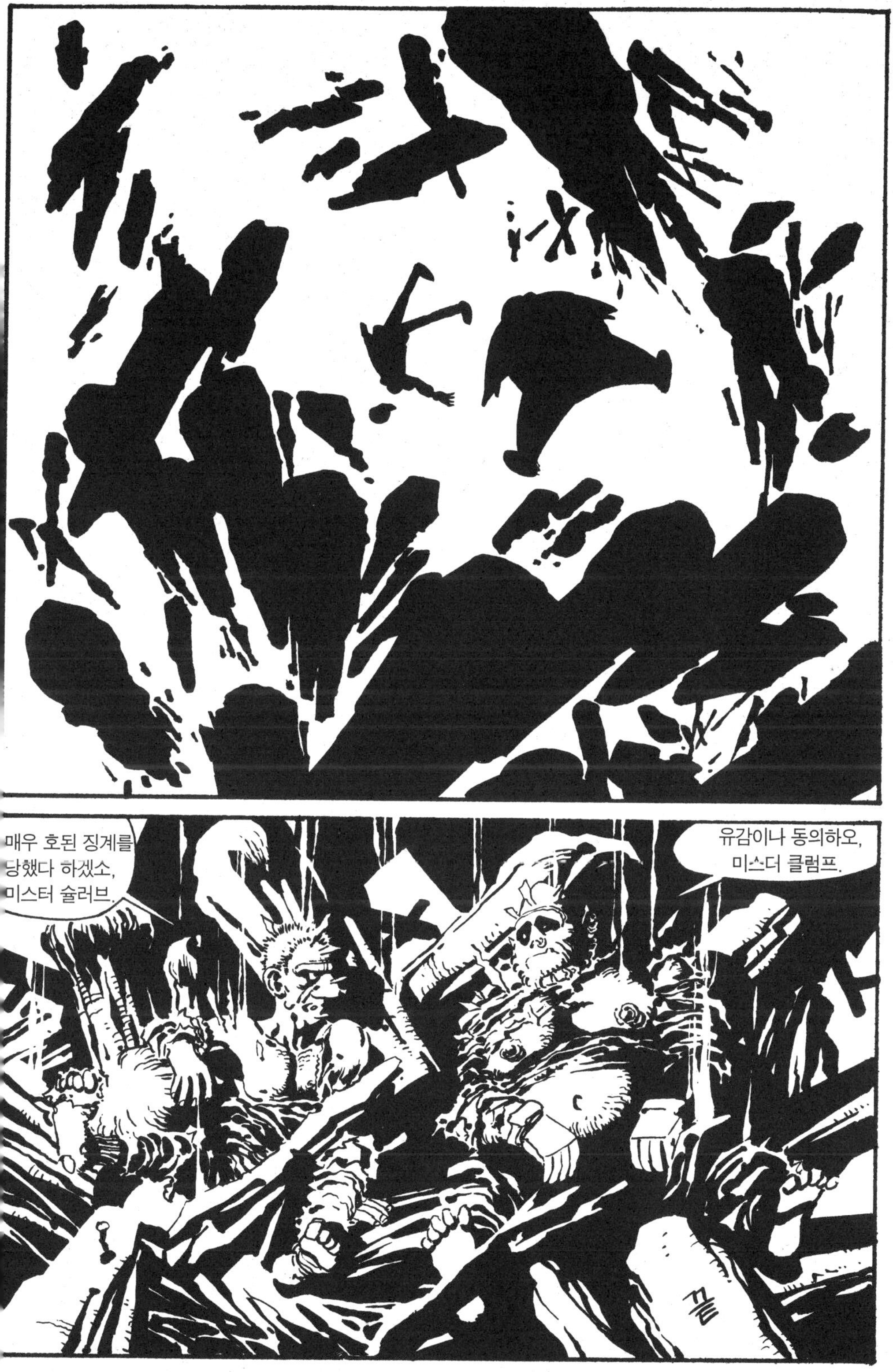

매우 호된 징계를
당했다 하겠소,
미스터 슐러브.

유감이나 동의하오,
미스터 클럼프.

여자가 바람에 몸을 떤다. 시든 나무의 마지막 잎새처럼.

발자국 소리를 굳이 숨기지 않는다. 여자는 잠깐 움찔할 뿐이다.

고객은 언제나 옳다

한 대 드릴까요?

좋죠. 주세요.

당신도 파티가 지루한가요?

파티 때문에 온 게 아닙니다. 당신 때문이죠. 며칠간 지켜봤습니다. 남자라면 누구나 당신을 원할 겁니다.

그래서, 뭐가 보이나요?

얼굴이나 몸매, 목소리만이 아닙니다. 당신 눈. 그 안에 모든 게 담겨 있어요.

미칠 듯한 고요함. 도망치는 데 지쳐서, 눈앞의 운명을 맞닥뜨릴 준비가 되어 있군요.

그렇지만 혼자서는 싫은 거죠.

그래요. 혼자서는 싫어요.

고요한 밤

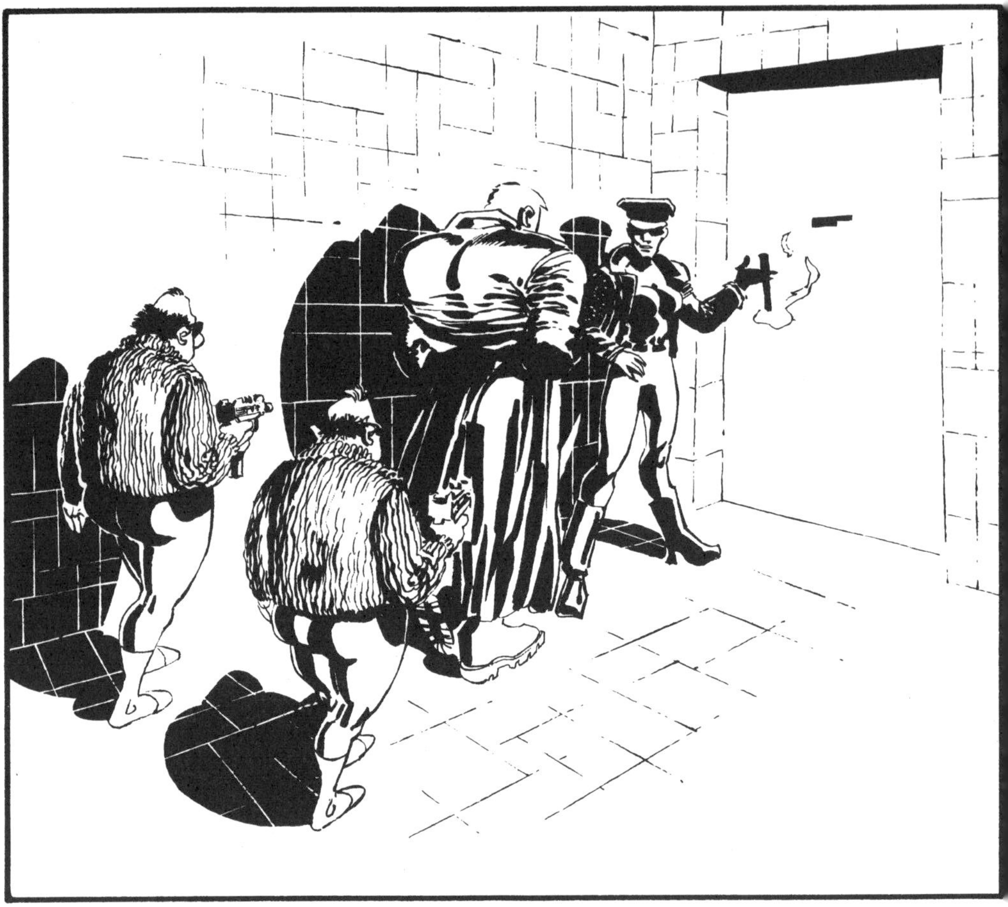

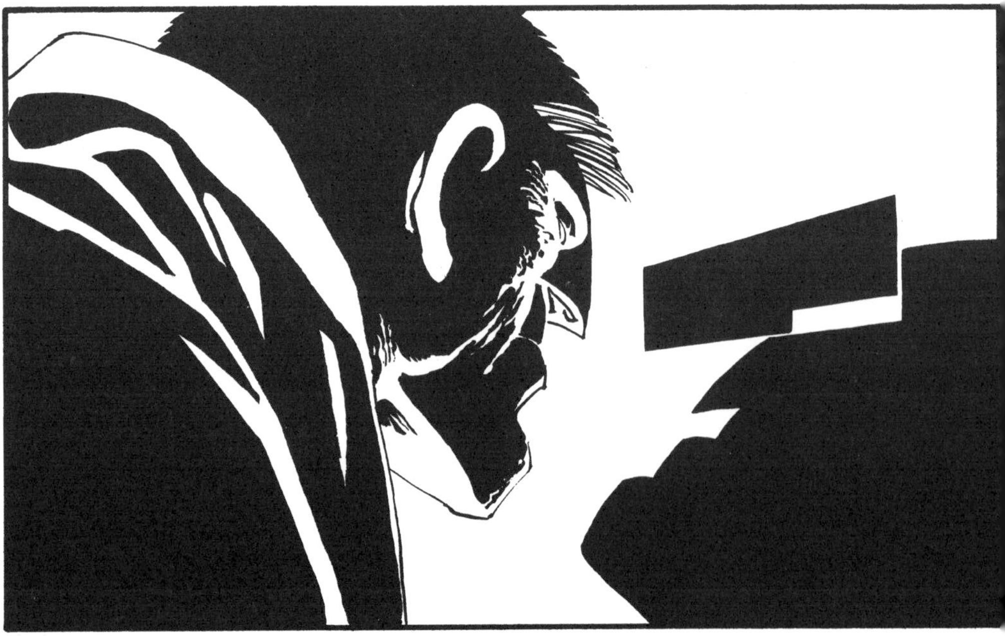

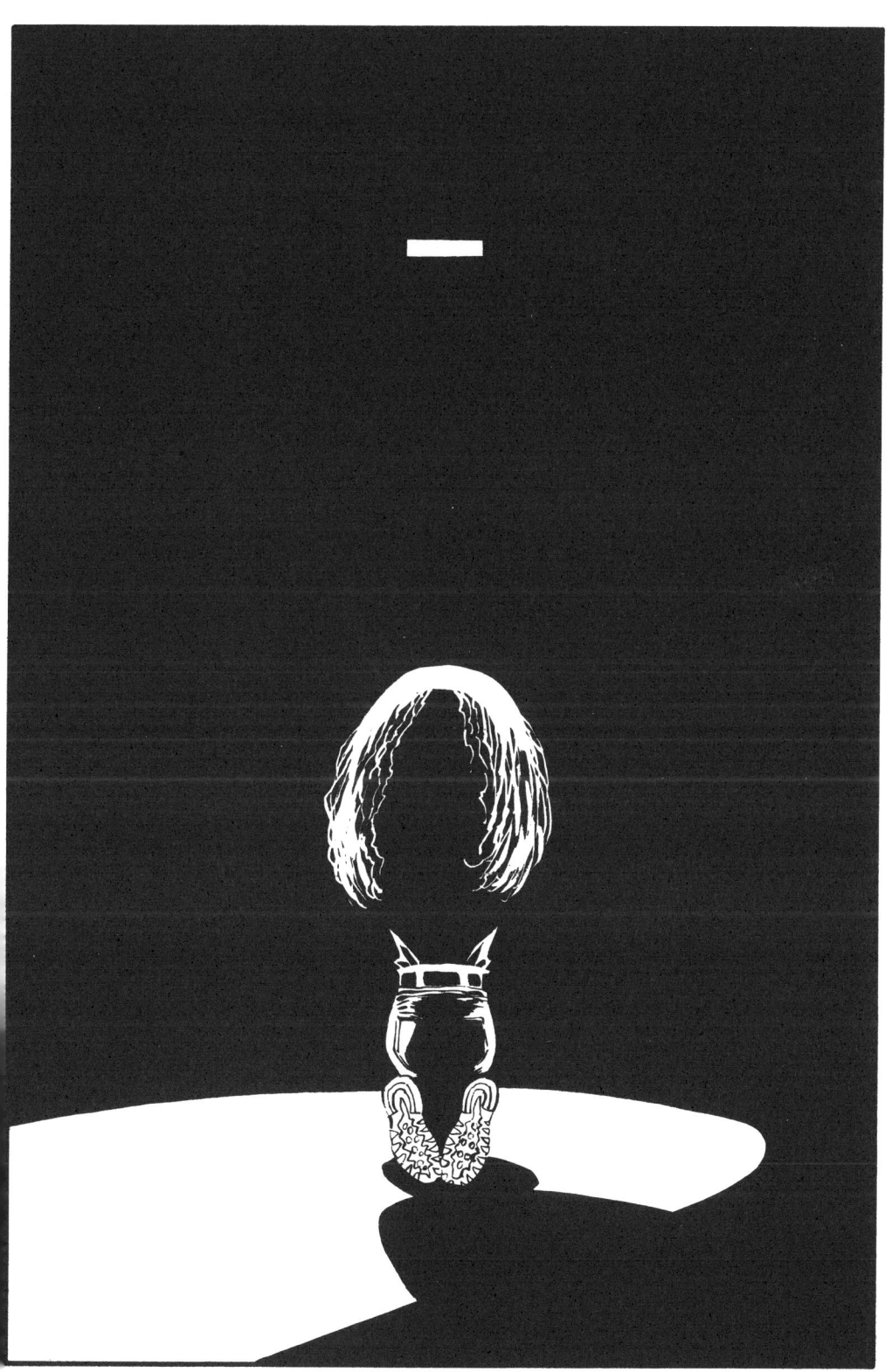

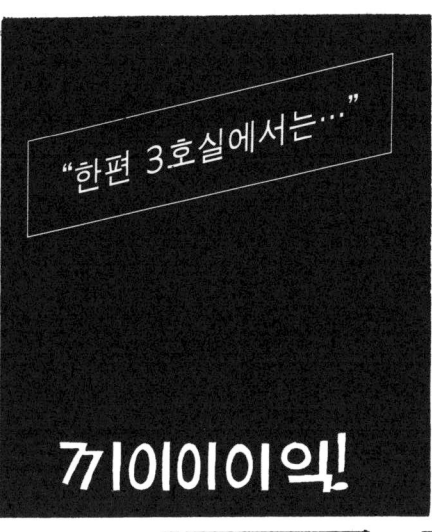

"한편 3호실에서는…"

끼이이이익!

정말 예쁘기도 하지.
씬시티 아가씨들에
대한 소문이 다
진짜였나 보군.

칼 한번 크네요,
카우보이. 사냥 가요?

'올드타운'이라고
불리는
이 끈적끈적한
동네는 꿈이
실현되는 곳이다.

현찰 두둑하고
서툰 짓만
안 한다면.

끄아아
타탕!

♪
끄어어억
이런 역겨운 개자식.
카우보이, 입 좀 다물지 그랬어.
네가 10분도 채 떠벌리기 전에
이미 이 근방 여자애들을 쑤시고
다니던 놈이란 걸 확신했지.
이 업계에 있으면 질문하는
법을 알게 되거든.
네 눈에도 다
써있었고 말야.
우린 그런 것도
배우거든.

경찰을 불러…!
자백할게….

읍읍

경찰? 뭘
모르시네.

경찰은 올드타운에 안 와.
적어도 업무로는. 여기 경찰 일은
우리가 해. 그래도 공정하니까
걱정 마. 성경에 쓰인 대로.
눈에는 눈.

미호!
준비 됐어!

끼이이이이익!

미호가 마음에 들 거야.
너처럼 칼을 잘 쓰거든.

아디오스
아미고.

끝

64

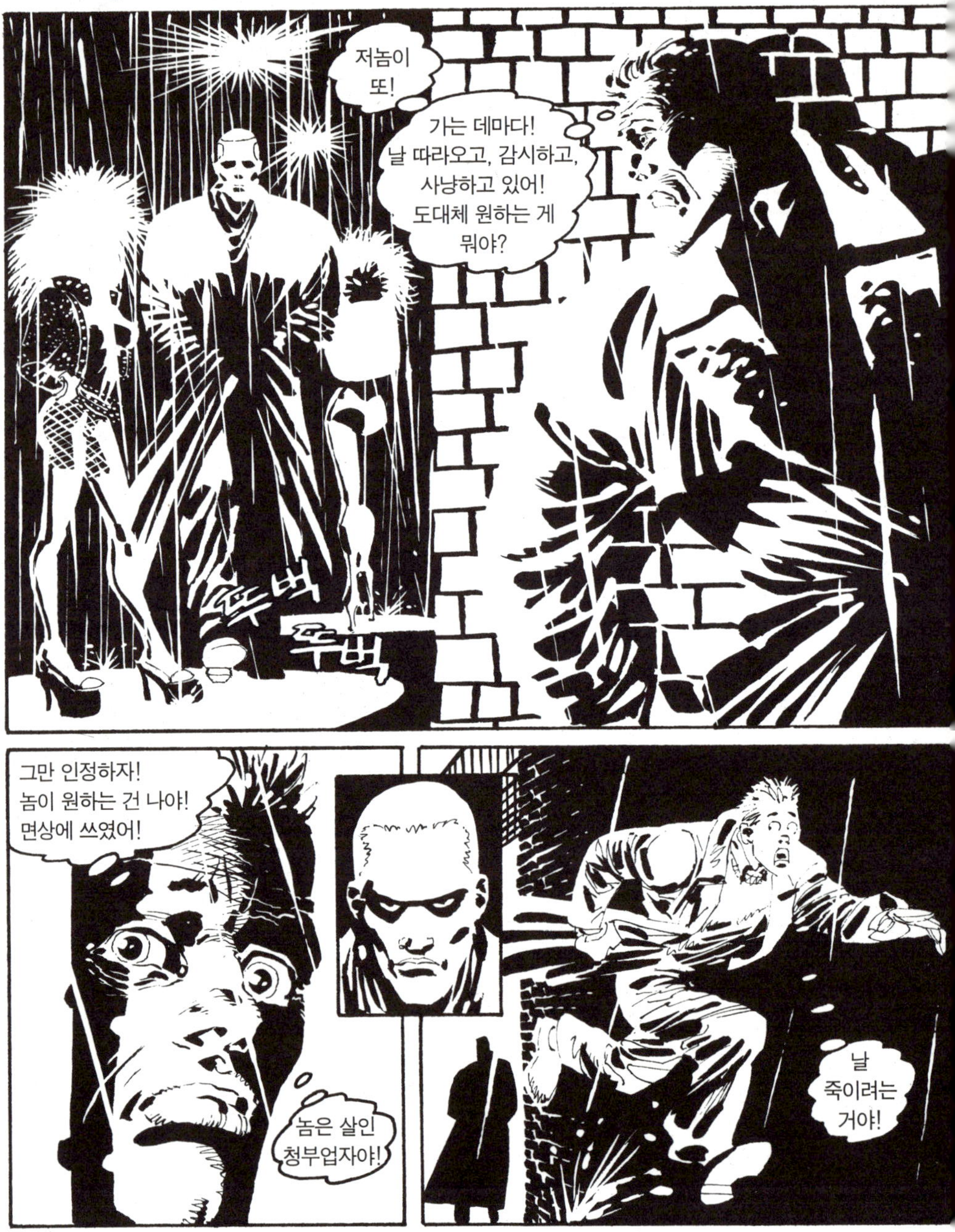

69

도무지 말이 안 돼! 별 볼일 없는 나 때문에 그런 놈을 고용할 리가!
침착. 침착. 내가 여기 있는 줄 누가 알겠어.
EXIT
병신! 쓸데없는 생각을!
병신! 술이나 시켜!
맙소사! 저 댄서! 어디서 저런 걸 찾았지? 환상인데!
저런 미녀를 본 게 언제냐….
그래. 딜리아.

씬시티 아가씨들은 딴 데랑 급이 다르지.
들어봐, 내 말이면 책도 쓸 수…
살아있다고요? 드와이트가 살아 있단 말이에요?
동네방네 떠들고 다니진 마, 멍청아.
경찰한테는 내가 시킨 대로만 말해.
이젠 정말 안전하다.
…짤렸어. 그 늙은인 날 바보로 알아.
우웨엑
윽 제길…
LOVE MACHINE

안녕, 자기. 뭘로 할래요?
위스키 한 병. 얼음 한 잔.
놈의 기척이 없어. 안심이다.
안심이다.

터벅 터벅 터벅 터벅

챙그랑 챙그랑 챙그랑 챙그랑 챙그랑 챙그랑

맥주 아직 멀었어요, 조시? 저 치들이 어찌나 보채는지.

귀신 같은 놈! 정말 귀신인가!

이야, 낸시는 정말 끝내준단 말야….

그야 당연한 말씀, 마브.

스톨리 마티니. 올리브 두 쪽.

드려야죠, 미남 양반. 금방 나가요.

술통을 방금 갈았어, 셀리. 저 사내들이 집적대기라도 하면 바로 말해.

꿀꺽

귀신 같은 놈!

도망가긴 글렀어!

허억 허억

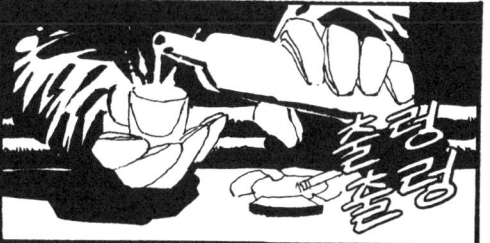

출렁 출렁

이제 끝인가!

꿀꺽

짐?

이 목소린! 그럴 리가!

딜리아…

설마! 그것도 이럴 때 이런 데서!

짱강

짐… 옛날처럼 불러주면 안 돼? 옛정을 생각해서… '푸른 눈동자' 라고 말이야.

그동안 너무 외로워서 당신을 다시 만나기만 빌었어. 다시 기회를 달라고 하고 싶었어!

난 정말 바보였어…

자기… 나랑 말도 하기 싫어?

아니, 저런, 저런…

…알았어. 괜히 성가시게 했네. 갈게.

74

딜리아, 사랑해.
우린 옛날처럼
다시 함께야.

왜 그래?
무슨 일이야?

그들은 잔인해,
너무 잔인해….

나도 사랑해.
내가 자길 이만큼
사랑하는 줄은
몰랐어, 짐.

빼억!

그러니 죽어줘.

자기랑 헤어지고 형편없는 놈과 결혼을 했어. 날 때리더군. 죽여버렸지.

덕분에 내가 살인에 소질이 있는 걸 알게 됐지.

나 같은 사람들이 모인 조합이 있어…. 우리를 원하는 고객들도 넘쳐나지.

오늘이 졸업식이야. 육체적인 훈련을 끝마쳤으니 실전 능력을 보여야 돼.

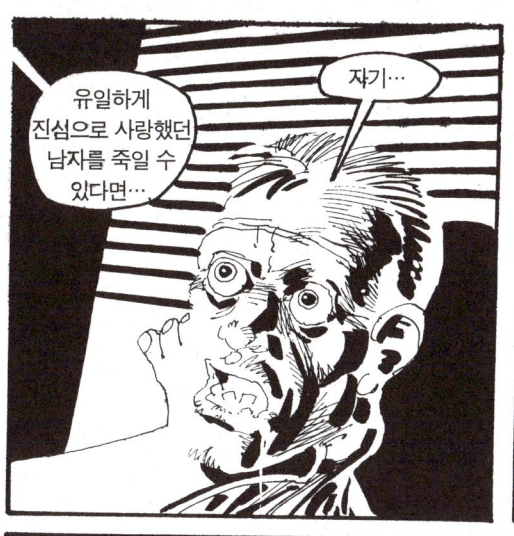

쥐새끼들

비. 몹시

차다.

런던 에서

처럼.

지금 런던

아니다.

또로록

또로록 또로록

또로록

미국 에 있다.

런던 에서

쫓겨 왔다.

타닥 타닥

타닥

쥐새끼들 한테

쫓겨 왔다.

파잉

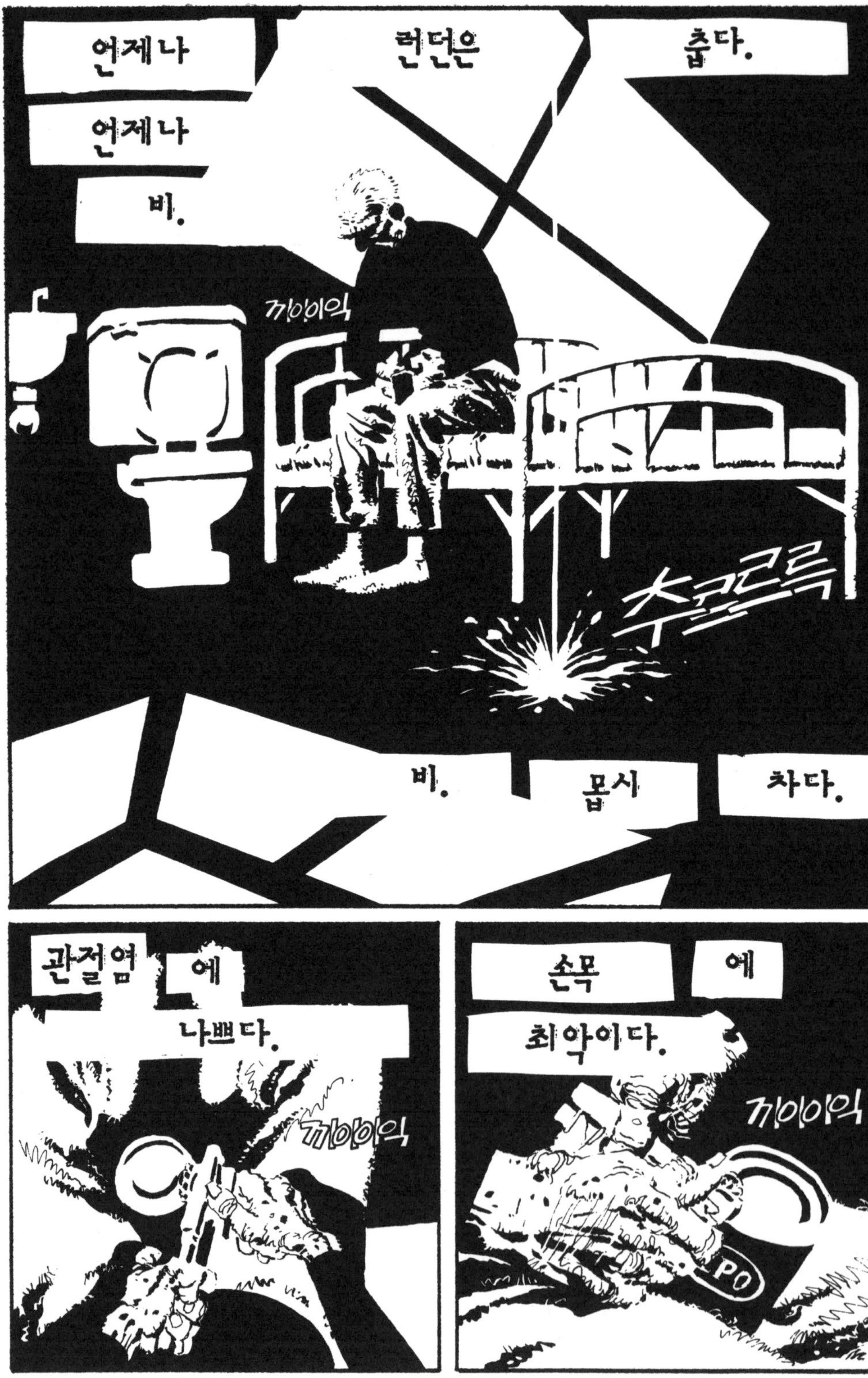

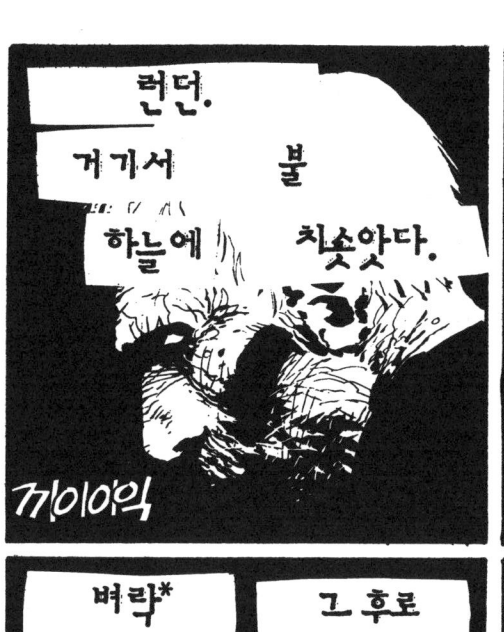

런던. 거기서 불 하늘에 치솟았다.

까이야익

불. 몃넌 전.

벼락* 그 후로 몃넌. 쩌덥 쩌덥

그것 벼락 이라 불러도 맞을 거다. 쩌덥 쩌덥

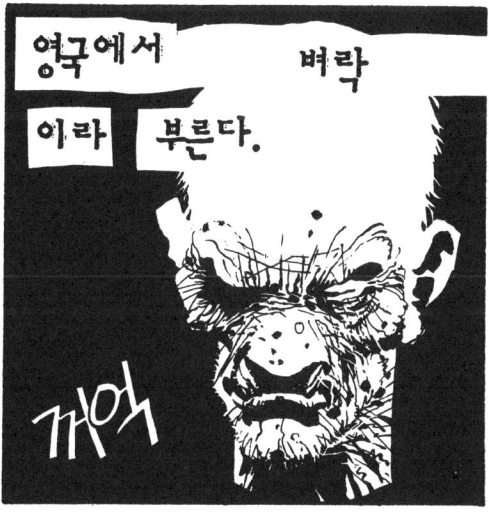

영국에서 벼락 이라 부른다.

까억

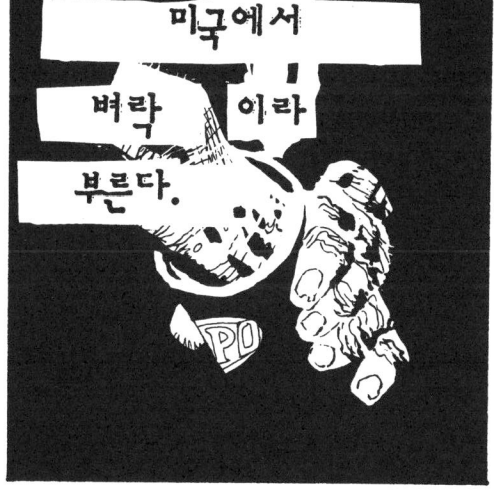

미국에서 벼락 이라 부른다.

* 벼락: Blitz. '벼락' 을 뜻히는 독일이로 여기에시는 1940· - 1941넌 사이에 나치가 빌인 린딘 대긍슙을 밀한다.

멍청한 쥐 새끼들.

그놈들도 찍찍거렸다.

다들.

찌직찌직! 찌직찌직!

수도 없이.

그놈들 다 찍찍거렸다.

불 없다.

가스 뿐.

쉬이이약

그놈들 다 찍찍거렸다.

쉬이이약

쿠쿵

흐음?

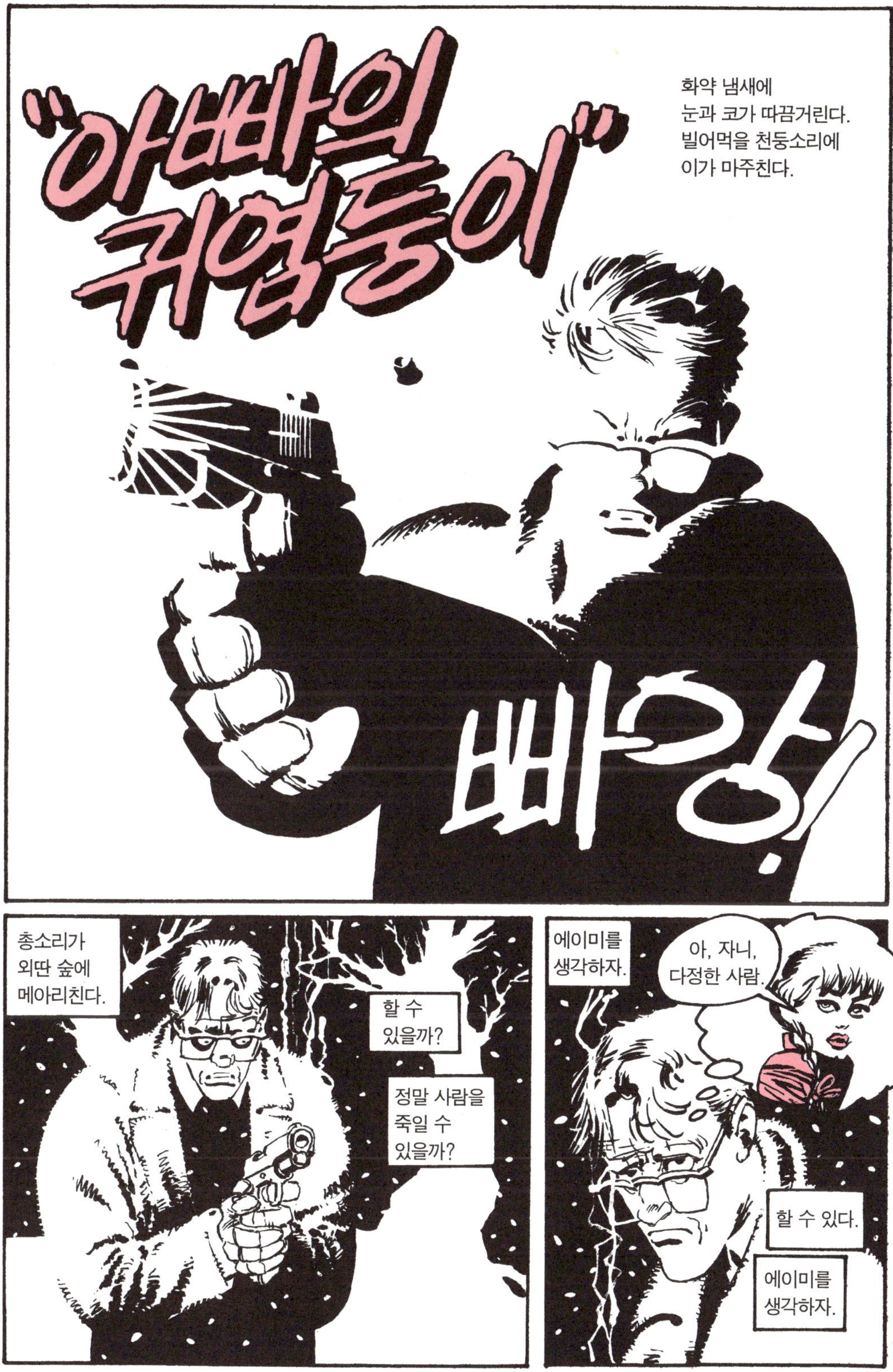

에이미.
다정하고 예쁜
에이미. 내 목숨
같은 사랑.

나도 사랑해, 조니.
그렇지만 우린 틀렸어.
아빠 때문이야. 스무 살이나
됐는데 아빠 날 어린애로만
아셔. 남잔 무조건
안 된다셔.

두고 봐,
내 사랑.

'아빠'한테 기회를
한 번 드리지.
딱 한 번뿐이야.

아무렴! 전부 다 들었지! 그러니 당신은 이제 죽어줘!

배짱도 없는 주제에!

맙소사…

내가 무슨 짓을?

에이미를 위해서라지만

이런 짓을 하다니….

자수해야지. 그래. 그래야 겠어….

어엇?

공포탄이라고 들어는 봤나?

방금 쏜 게 그거라네.

으스러지고
또 으스러진다.

그의 주먹
한 방마다
내 몸 곳곳이
으스러진다.

아, 아빠….

95

…이 사람은
별로 상대가
안 됐죠?

그래. 처음
한 방에 맛이
가더구나.

실망시켜서 죄송해요. 전혀
흥분 안 되신 거예요?

아니, 괜찮다.
조금만
기다려다오.

…일단
놈을 끝장
내고.

미안해, 자니.
아빠도 점점 나이가
드셔서… 흥분이
잘 안 되시거든.

그의
손가락이
내 목을
옥죈다.

난 저항도
하지 않는다.

잘못 들어선 길

스터드베이커를 최고 속도로 밟는다. 어디로 가는지는 알 바 아니다. 도나의 욕설을 지울 수만 있다면. 그녀가 내뱉은 말들.

빗줄기가 마치 바셀린처럼 유리창을 문댄다. 저 앞에 뭔가 큰 짐 같은 게 있는데 잘 보이지 않는다.

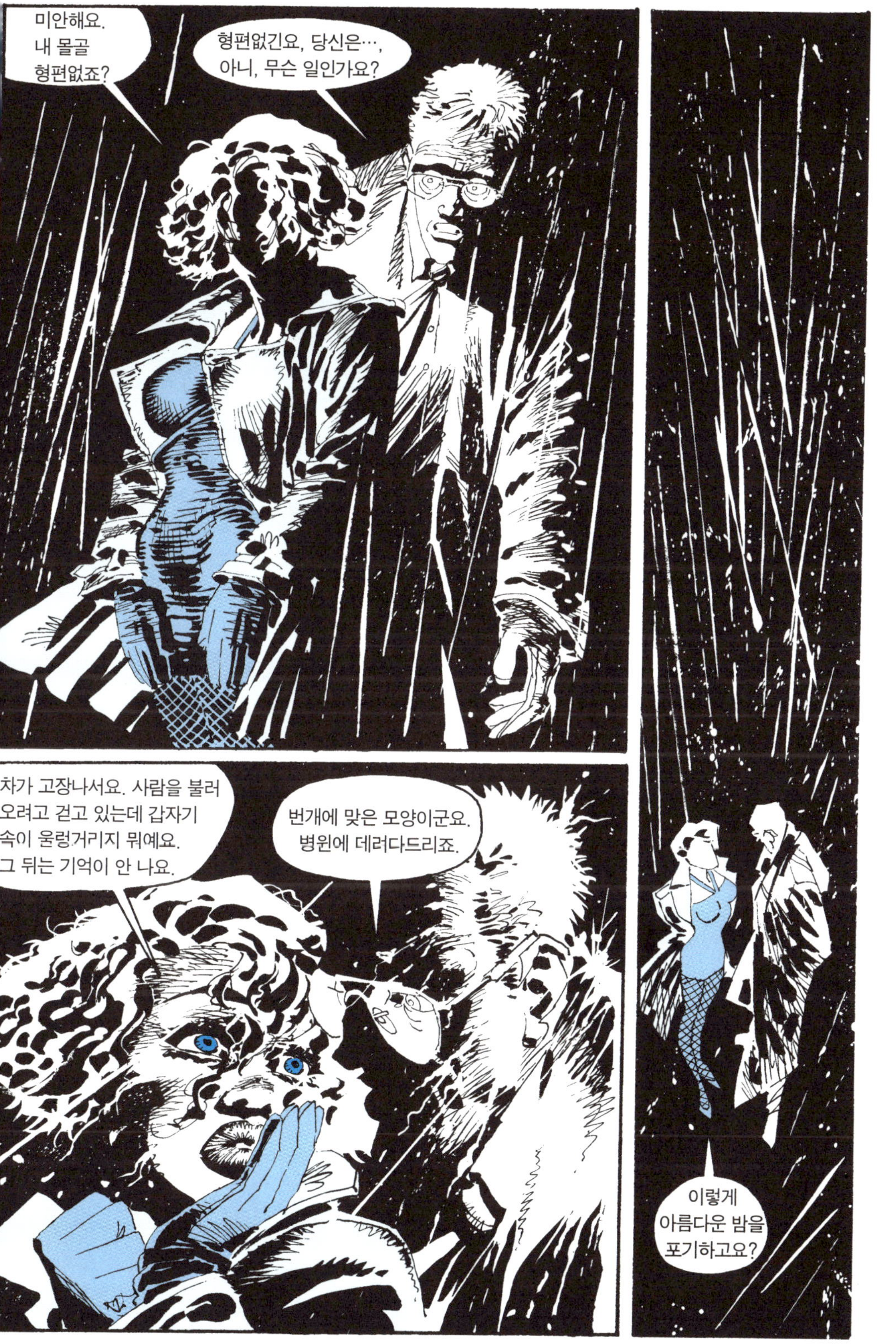

이런, 무슨 생각을 하고 있는 거냐.

그녀는 딜리아라고 했다. 내 이름도 알려줬다.

필…, 혹시 결혼했어요?

…음, 아뇨. 안 했는데요.

얼씨구. 이젠 거짓말까지. 평생 거짓말이라곤 안 해본 나였다.

도나가 그런 말들을 내뱉지만 않았더라도.

내가 무슨 짓이라도 저지른다면 다 도나 탓이다.

거의 다 왔어요. 들어가지 말라는 표지판이 있지만 무시하면 돼요. 다들 그러니까.

뭐 문제 있어요? 긴장한 거 같네.

아뇨! 단지…

차는 어디 있나 궁금해서요. 이렇게 멀리까지 걸어왔다니…

바보. 누가 차로 가재요?

타르 구덩이로 가는 건데.

첫 남자친구가 날 여기
데려왔죠. 여름 끝 무렵에.
대학으로 떠나기
전에요.

당신처럼
착한 남자였죠.

난 착한
남자가
좋거든요.

점잖았죠. 그 또래
남자애들답지 않게
서둘지도 않고.

한참을 내게
입 맞춰 줬죠.

우선
여기에.

그 다음엔
여기에.

그러고는
이 아래에.

말도 안 돼! 넘겨받은 사진이 좀 흐릿하긴 했지만…. 게다가 넌 스터드베이커를 몰고 있었잖아. 그것도 딱 그 시간에!

너 때문에 내가 짤리면 책임 질 거야?

쿨럭

정말 죄송합니다. 어디든지 태워다드릴게요.

다정하네, 필.

철커덩 철커덩

딜리아,
죽일 놈들과 꼭
그렇게 일일이
자줘야겠어?

내 맘에 드는
상대만.

끝.

빨간 옷의 여자

이런 빌어먹을, 파고….

한밤중도 넘긴 새벽에 전화가 울린다. 파고다. 또 문제가 생긴 거다. 무슨 일인지는 몰라도.

바지를 주워 입고 딱 십 분 만에 그의 집에 도착한다.

그렇지만 이미 파고의 문제는 끝나 있다.

그리고 장담하건대 내 문제는 이제부터 시작이다.

얼마간 얼간이처럼 서서 그가 빙빙 도는 걸 보고만 있다. 가엾은 놈….

…결국 이렇게 끝날 운명이었다. 아무리 발버둥쳐도.

그는 정말이지 힘겹게 발버둥쳤다. 3년간 술도 약도 하지 않았고 전화 목소리도 멀쩡했다.

또 발을 담근 건가, 옛 친구? 거물들의 심기를 거스를 만큼 그렇게 어리석었나?

아니면 해묵은 악행의 결과인가? 과거의 원한인가?

…아냐. 누구 짓이든 피아노 줄로 널 매단 그 놈은 그저 재미로 여길 들쑤셔놓은 게 아냐. 뭔가 찾는 게 있었던 거지.

'놈' 이 아닐 수도 있겠군….

…아니. 여자가 개입됐는지는 몰라도 파고를 들어올려 저렇게 목매단 건 남자 짓이야.

그만 좀 돌았으면 좋겠군.

선풍기를 껐으면 싶지만 그랬다간 그 반동으로 철사가 파고의 목을 잘라놓을지도 모른다.

경찰에 신고하기 전에 좀 둘러봐도 괜찮겠지.

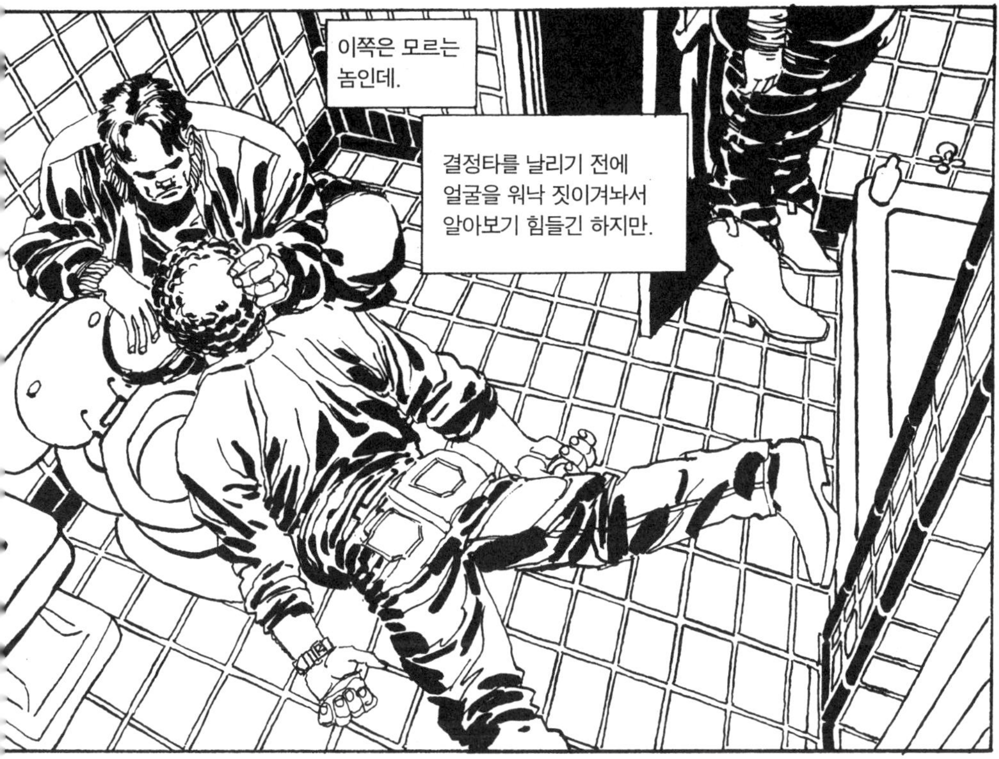

131

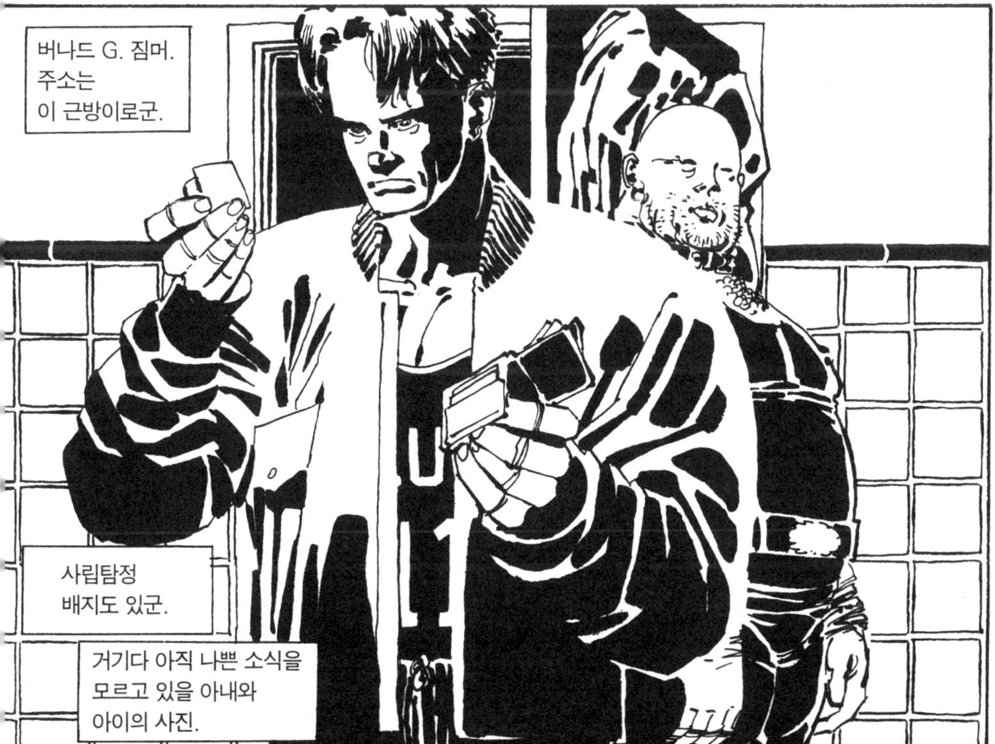

이 개자식은 전혀
소리를 내지 않았다.
입 냄새만
아니었다면
몰랐겠지.

달걀 샐러드
냄새가
고약하다.

파바박

으어억

주먹을 안 쓰고
때려눕혔으면
싶다.
주먹이 까지면
성가시기
때문이다.

파박

허억

이런 여자들은 대체 뭐지?
백만 명에 한 명 있을까 말까 한,
머릿속을 헤집어놓고 입을
마르게 하고 심장을 터질 듯
두근거리게 만드는 여자들.
그저 얼굴만이 아니다.
다른 게 있다. 저 멀리서도
느낄 수 있는 무언가가.

그게 뭐든 이 아가씨는
그걸로 충만하다.

조심해라, 영리한 쪽의 내가
말한다. 조심해, 빌어먹을.
옛 원수를 떠올려라. "자주기만
하면 넘어올 줄 알았어."
그렇게 말했지.

그건 맞는 말이었어.

조심해라.

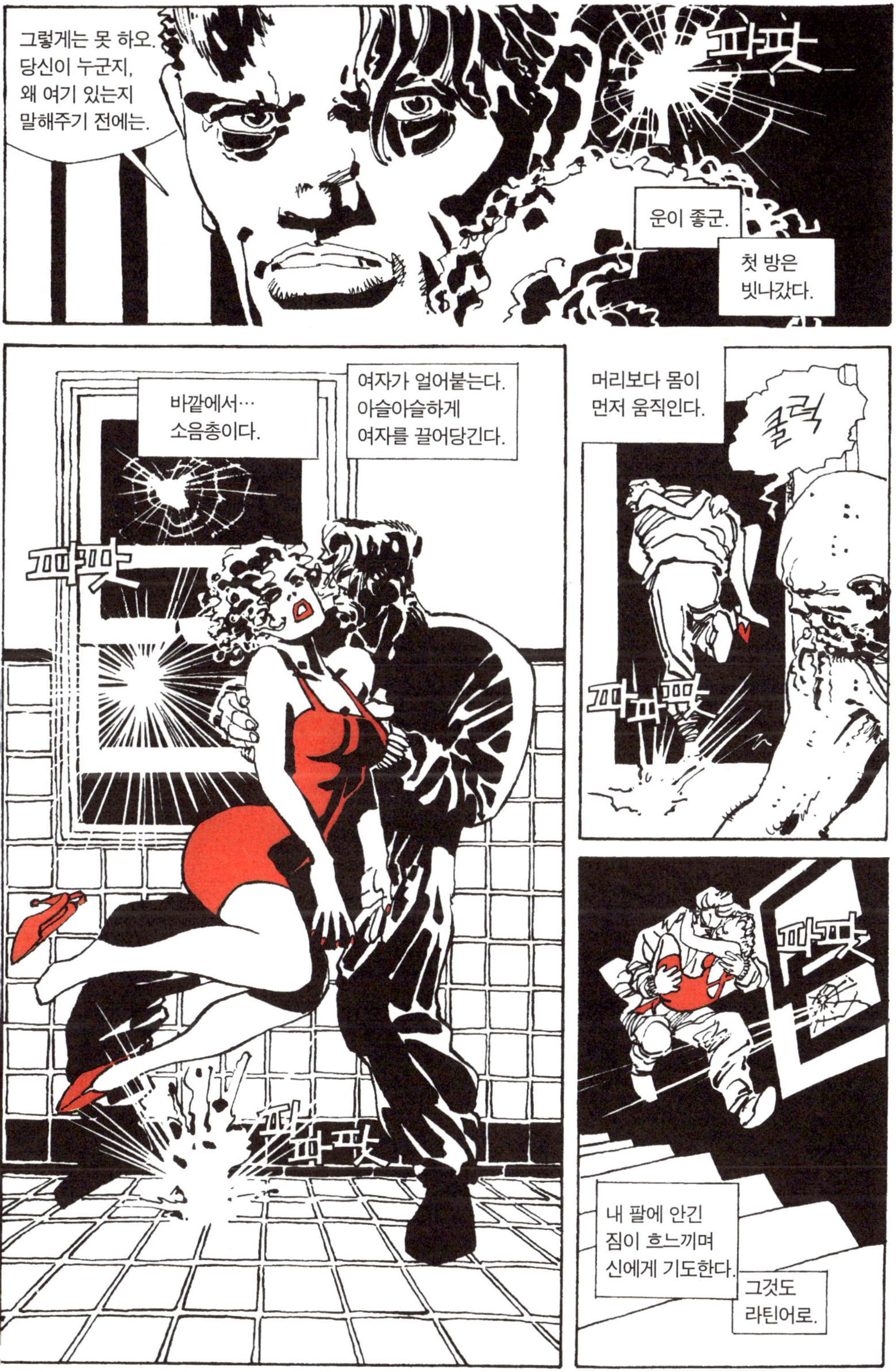

그렇게는 못 하오.
당신이 누군지,
왜 여기 있는지
말해주기 전에는.

운이 좋군.

첫 방은
빗나갔다.

바깥에서…
소음총이다.

여자가 얼어붙는다.
아슬아슬하게
여자를 끌어당긴다.

머리보다 몸이
먼저 움직인다.

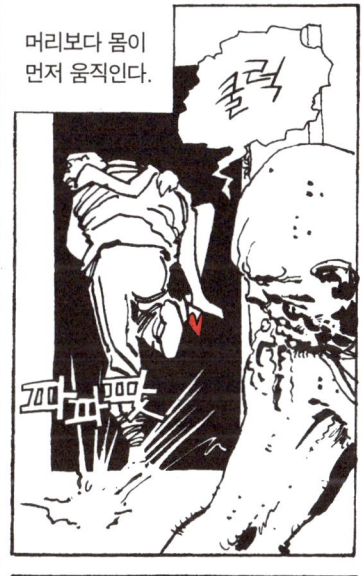

내 팔에 안긴
짐이 흐느끼며
신에게 기도한다.

그것도
라틴어로.

기껏 힘들게 낯짝을 짓이겨놓은 놈이 예상보다 일찍 일어나면 정말 짜증스럽다.

라이플 쓰는 짝패만 없었어도 유유히 다시 올라가서 놈을 완전히 끝장내줄 텐데.

라이플 쓰는 짝패, 그리고 내게 밀착해 있는 겁먹은, 꿈 같은 여인만 아니면….

…여자는 이제 흐느끼지도 기도하지도 않는다. 내 목을 너무 세게 감아서 거의 질식할 지경이다. 여자는 짙은 숨결을 내게 바짝 토해낸다.

주차장을 가로질러 가려면 저격자에게 몸을 드러내야 한다. 하지만 다른 수가 없다.

빌어먹을,
너무 조용하다.

여자의 숨소리…

…그 숨소리는 소음총이
발사될 때마다 멈춘다.

길바닥에 부딪히는
총알…

그리고 여자는
다시 숨을 쉰다….

아직은 모든 게
빌어먹게 조용하다….

좌석 밑에 감춰둔 권총을
꺼낸다. 방아쇠를 당기자
반동이 팔을 타고 오른다.
이윽고 고요한 밤을
두 쪽으로 가르는 천둥소리.

3초쯤은
벌었을까.

3초가 아니라
한참을 벌었다.
저격수는 다시
일어서지 못한다.
그게 마지막
모습이다.

잽싸게 차를 몰아
언덕을 오른다.
질문을 쏟아내려는데
여자가 입을 연다.
말이 너무 빠르고
신경질적이긴 하지만.

무슨 차가 문을 들이받는
줄 알았어요. 그 뚱보… 어찌나
빠르던지… 전 화장실로
도망쳤죠….

그건 됐소.
당신은 누구요?

나는 가드레일로
돌진하지 않을 만큼만
운전에 집중한다.
여자에게서 눈을
떼기가 힘들다.

여자는 족히 1분쯤
걸려 대답을 떠올린다.

"메리."
여자의 대답엔 이상한
웃음기가 담겨 있다.
"제 이름은 메리예요."

메리.

적어도 이름은 있군.

그냥 아무도
아니에요.

아무도 아닌
사람은 없소. 도대체
누구요?

전 매춘부예요.
술집에서 친구분을 만나
집까지 오게 됐죠.
다른 남자는 좀 있다
도착했고요. 그러고 나서
살인이 벌어졌어요.

전혀 모르던
사람들이에요.
전 아무도 아니고
아무것도 몰라요.

여자는 내가 아는
제일 서툰 거짓말쟁이다.

더 빠르게 개조한
V-8 엔진 소리가
뒤에서 들려온다.
진상이 밝혀지려면
좀 기다려야겠군.

파고의 살인자와
그 저격수 짝패가
꽁무니를 바짝
따라붙었다.

내 계획보다 빨리.

빌어먹을!

45구경의 공이쇠에 다시 손가락을 걸지만 이 거리에선 괜히 소음만 만들 뿐이다.

한편 저격수의 사슴사냥 총으로는 사정거리가 문제가 안 된다.

놈이 빗맞히는 건 지금 뿐이다.

놈은 소음기를 던져버렸다. 왜 아니겠나? 귀찮게 수고할 거 없지. 마을에서 이 정도 벗어나면 어차피 듣고 있는 건 도마뱀과 코요테뿐.

몇 방을 더 쏘아낸다….

타앙

…코요테 한두 마리쯤은 겁먹고 달아났을까.

말할 것도 없지만 괜한 짓이다.

뭔가 수를 내야 한다….

판을 바꿔야 해….

좋아, 귀찮은 것들…. 담력 시합이다.

여자의 손톱이 내 등을
파고든다. 그녀의 입술이
미친 듯이 달싹대지만
엔진 소리에 가려져
아무것도 들리지 않는다.

놈들은 이 여자만큼이나
겁먹고 있을 거다.
내가 믿는 건 그거다.

우지끈

이야악

해냈군요…,
벗어났어요….
근데 왜 멈추지 않죠?
차에 문제 있어요?

아니. 당신이 지금 상황을
이해 못한 거요. 저 뒤에 있는
개자식들은 내 친구를 살해했소.
저렇게 순순히
못 보내지.

이 근방은 조용해서
귀뚜라미 소리도 들을 수
있다. 타이어 자국과
소음을 있는 대로 남기며
노스크로스 로드로
미끄러져 들어가면
저 얼간이들도 분명히
따라올 수 있을 거다.

레녹스에 도착할
즈음이면 몇 분 차이로
따라붙을 테지.

농장에서 이 게임을
완전히 마무리 짓는 거다.

144

농장.

말만 잘하면 20에이커의 땅을
거저 얻을 수 있다. 하지만
사려고 나설 사람은 없다.
여기서는 나쁜 일들이 많았다.
유령이 나타난다고 믿을 정도로.

그리고 내 친구는 그 때문에
지금 사형집행을 기다린다.

숨을 만한 좋은 곳을
찾았다. 메리는 기운이
풀려 무너져내린다.

둘 다 거칠게
숨을 몰아쉬고
있다. 힘들어서가
아니다. 여자는
말이 안 되는
소리를 지껄인다.

여자를 진정시키려고
애쓰지만 쉽지 않다.

여자의 피부가
크림 같다.

여자의 입술은
따뜻하게 젖어
나를 갈망한다.

영리한 쪽의 내가
다시 신호를 보낸다.
덜떨어진 짓이라고.

100분의 1초쯤
귀 기울였을까.

이윽고 여자가
갑자기 울음을
터뜨리면서 사과한다.
난 아무렇지 않은
척한다.

…괜찮소. 겁먹어서 그래요….
서로에 대해 아무것도 모르고. 제길.
그래, 당신은 이미 결혼했을지도
모르고….

결혼은
안 했어요.
약혼이라면
몰라도.

그분을… 아니
당신을 속였어요.
미안해요.

약혼자라면
걱정 마시오.
말 안 할 테니.

이미 알고
있는걸요.

말도 안 되는
소리…

…조용히 해요. 놈들이 왔소.
소리내지 말고 가만 있어요.

여자는 놈들을
죽이지 말라고
애원한다.
애써보마고 한 뒤
여자에게 총을
주고 쏘는 법도
알려준다.
이젠 나서볼까.

커헉

으응?

쿵

타앙

쿠악

결국 주먹이
까지고 마는군.

뚱보의 권총도
비울 겸
한쪽 다리에
한 방씩 총알을
박아준다. 경찰이
올 때까지 꼼짝
못할 테지.

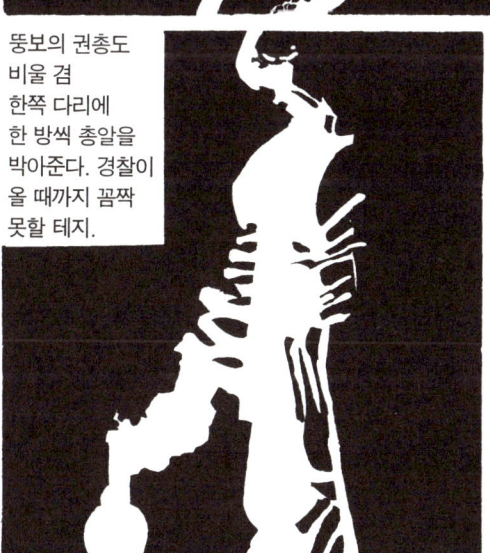

메리, 그게 당신
이름이라면… 이젠 대답할
시간이오. 전부.

여자가 말하기
시작한다.
내막은 놀랍다.

여자의 대답.
그 중 몇 가지는
조간신문에 실린다.

그 청부업자들은
더글러스 클럼프와
버트 슐러브로
'뚱땡이와 땅꼬마' 라고
불리는 삼류 청부업자
짝패다.

소포가 도착했을 때
난 두 잔째 커피를
마시던 참이었다.
공식적으로 사망자인
나는 우편물을 받을
때마다 놀라곤 한다.

파고가 놈들에게
당하기 전에
보낸 것이다.
증거물이다.

내 옛 친구는 사립탐정
버나드 짐머와 일하고
있었던 거다.

…시장과 지방 검사의
등골을 오싹하게 만들고
보스 웰링키스트의
부관들끼리 서로
희생양을 찾느라
아귀다툼하게 만든
마약 유통의 폭로 건에
대해서.

며칠 후 운동을
마치고 돌아오자
소포가 하나 더 와 있다

이번엔 메리다.

부드럽고 공기처럼 가벼운, 거의
세계적인 품질의 기념품이다.
아직도 그녀의 향기가 서려 있다.

난장판에 말려든 여자.
파고와의 불장난은 실수였다.
그렇지만 매춘부라는 말은
거짓말이었다.

메리는 신실한
가톨릭 교도로
결혼식 전날 공황을
일으켜 거의 실수를
저지를 뻔한 것이다.

그리고 여자는
아마도 새신랑에게
용서해달라고
한참을 빌고
있을 것이다.

틀림없이
용서를 받겠지.

그는 더한 것도
용서한 자니까.

끝

COVER GALLERY

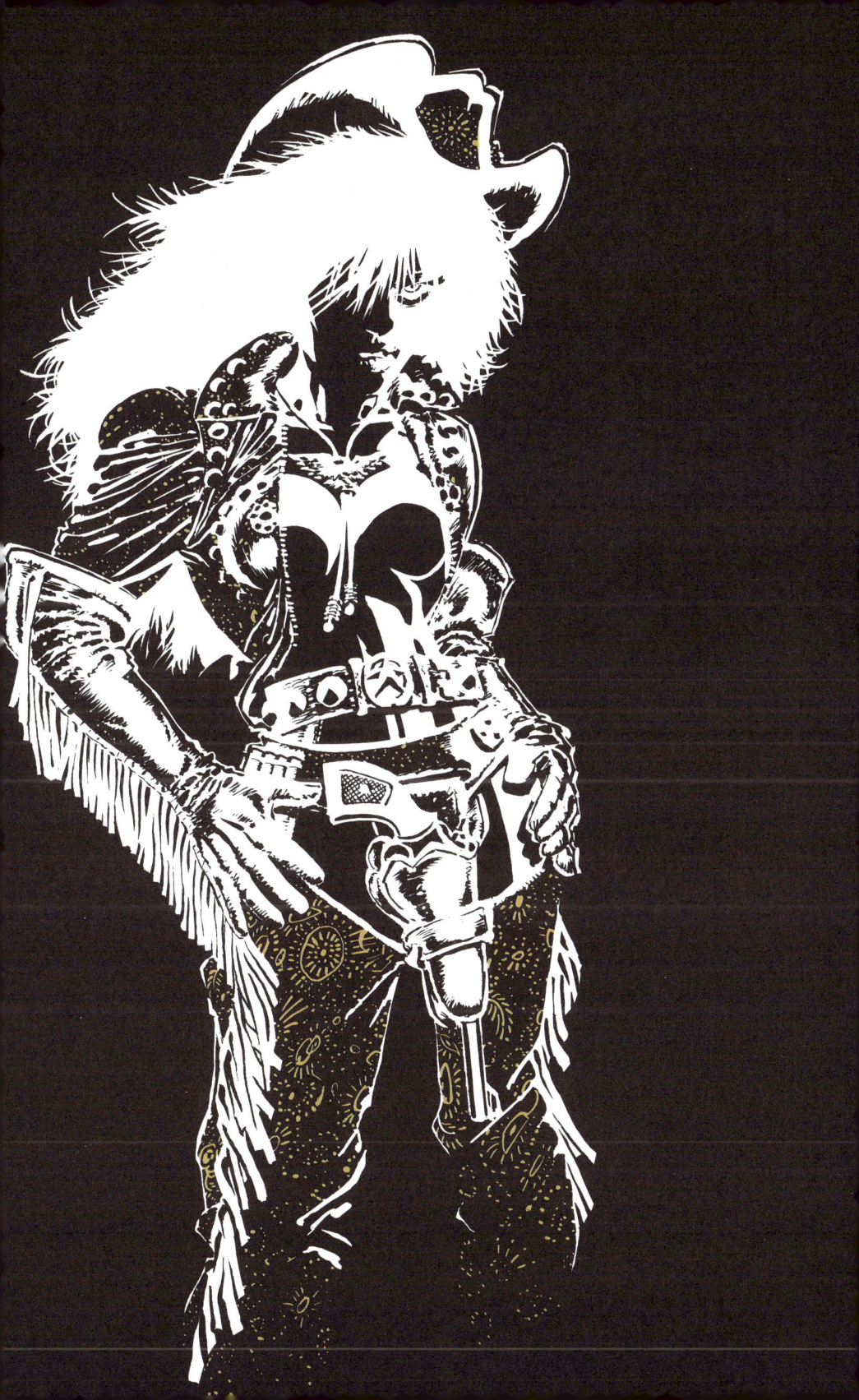

씬시티6: 알코올, 여자, 그리고 총탄

1판 1쇄 펴냄 2006년 12월 29일
1판 3쇄 펴냄 2017년 4월 15일

지은이 프랭크 밀러
옮긴이 김지선
레터링 김수박
펴낸이 박상준
펴낸곳 세미콜론

출판등록 1997. 3. 24. (제16-1444호)
(06027) 서울특별시 강남구 도산대로1길 62
대표전화 515-2000 팩시밀리 515-2007

한국어판 ⓒ (주)사이언스북스, 2006. Printed in Seoul, Korea.

ISBN 978-89-8371-346-9 04840
ISBN 978-89-8371-340-7 (전 7권)

세미콜론은 이미지 시대를 열어 가는 (주)사이언스북스의 브랜드입니다.
www.semicolon.co.kr